FOLIO CADET

Traduit de l'anglais
par Jean-François Ménard

Jill Murphy

Amandine Malabul

sorcière maladroite

GALLIMARD JEUNESSE

Pour Reeeney

CHAPITRE 1

Avec ses sombres murailles et ses deux tours sinistres, l'Académie Supérieure de Sorcellerie, dont mademoiselle Jollidodue était la directrice, ressemblait davantage à une prison qu'à une école. Perchée au sommet d'une haute montagne qu'entourait une forêt de pins, elle baignait la plupart du temps dans une brume épaisse qui la dissimulait aux regards des promeneurs. Par temps clair, cependant, on pouvait voir quelquefois les élèves, à califourchon sur leurs balais, voleter comme une nuée de chauves-souris au-dessus de la cour de récréation.

Tout, dans l'école, n'était qu'ombre et ténèbres : les longs corridors étroits, les escaliers en colimaçon, et jusqu'aux élèves elles-mêmes qui portaient un sinistre uniforme gris et noir. Noire la robe chasuble, noirs les bas et les bottes à semelles cloutées, gris le corsage, et noir et gris la cravate à rayures. Même les robes d'été étaient taillées dans une étoffe à carreaux gris et noirs. Seuls l'insigne de l'école – un chat noir assis sur un quartier de lune jaune – et la ceinture de la robe – d'une couleur différente pour chaque classe – apportaient une touche colorée à l'ensemble. Le jour du

Carnaval ou lors des distributions de prix, l'uniforme changeait : les élèves revêtaient alors des robes longues et se coiffaient de chapeaux pointus mais, comme là encore tout était noir, on ne voyait pas grande différence.

Le règlement de l'école était d'une extrême sévérité. En fait, on ne pouvait pas faire grand-chose sans s'attirer des remontrances. Quant aux examens et aux contrôles, ils étaient si fréquents qu'on avait l'impression d'en passer un par semaine.

Amandine Malabul était nouvelle à l'Académie : c'était sa première année d'études en sorcellerie et, pour tout dire, elle avait plutôt mal commencé. Amandine n'avait aucune intention d'enfreindre la discipline ni de contrarier ses professeurs, mais elle faisait partie de ces infortunés que la malchance prend un malin plaisir à plonger sans cesse dans l'embarras et il lui arrivait toujours quelque chose de fâcheux. Un jour, son chapeau était à l'envers, le lendemain, elle avait oublié de nouer les lacets de ses bottes et, d'une manière générale, elle pouvait rarement faire trois pas sans que quelqu'un la réprimande vertement.

Chaque soir, ou presque, elle avait des lignes à copier ou restait en retenue (ce qui n'avait d'ailleurs aucune importance car, de toute façon, on ne pouvait aller nulle part après la classe). Amandine Malabul n'en comptait pas moins de nombreuses amies. Celles-ci prenaient toutefois la précaution de se tenir éloignées d'elle pendant les séances de travaux pratiques où l'on s'exerçait à préparer les diverses potions inscrites au programme. Car Amandine la malhabile, comme on l'avait surnommée, s'était taillé en peu de temps une solide réputation de maladroite. Seule Paméla, sa meilleure amie, demeurait à ses côtés en toutes circonstances, y compris les plus périlleuses. A elles deux, elles formaient un drôle de couple : Amandine était grande et mince et portait de longues nattes dont elle mâchonnait souvent l'extrémité d'un air absent (une manie qui avait le don d'exaspérer ses professeurs) ; Paméla, elle, était petite et rebondie, avec des lunettes rondes et deux grandes couettes qui dépassaient largement de chaque côté de sa tête.

Le jour même de son arrivée à l'Académie, chaque élève se voyait confier un balai qu'il lui fallait apprendre à chevaucher convenablement, ce qui est beaucoup moins facile qu'il n'y paraît et nécessite un long apprentissage. Au milieu du premier trimestre, les élèves recevaient chacune un chaton à qui elles devaient enseigner l'art de se tenir sur un balai. Le chat n'avait aucune utilité particulière dans le travail scolaire, il était simplement là pour préserver la tradition. Dans certaines écoles de sorcellerie, on préfère distribuer des hiboux au lieu de chatons, mais c'est là une simple affaire de goût. Aux yeux de mademoiselle Jollidodue, rien ne pouvait remplacer la tradition. Les méthodes modernes d'éducation lui semblaient ridicules, et elle n'avait d'autre ambition que d'enseigner à ses sorcières en herbe ce qu'elle avait elle-même appris dans sa jeunesse. A la fin de la première année, on donnait à chaque élève un exemplaire du *Traité général des sortilèges et enchantements,* un épais volume relié en cuir noir dont on ne se servait jamais car on disposait d'une édition de poche pour le travail en classe mais, là encore, il s'agissait de respecter la tradition. En dehors de la distribution annuelle des prix, aucun diplôme n'était décerné jusqu'à la fin de la cinquième et dernière année où celles qui le méritaient obtenaient alors le bachatlauréat de Sorcellerie Appliquée. Hélas ! il y avait tout lieu de douter qu'Amandine Malabul puisse jamais arriver jusque-

là, si l'on en jugeait par ses débuts. Dès le lendemain de son entrée à l'école, en effet, elle s'était écrasée dans la cour de récréation aux commandes de son balai. Le choc avait cassé le manche en deux et tordu son chapeau. Amandine avait réussi à réparer le balai avec de la colle et du ruban adhésif et, par bonheur, il volait encore, mais il était devenu plus difficile à diriger et le papier collant formait sur le manche une grosse bosse qui n'avait rien de très décoratif.

On était à présent au milieu du premier trimestre, et, plus précisément, à la veille du jour où les élèves de première année devaient recevoir leur chaton…

Minuit allait bientôt sonner et l'école tout entière était plongée dans l'obscurité. Seule une étroite fenêtre laissait entrevoir la lueur d'une chandelle. Derrière la fenêtre, Amandine, vêtue d'un pyjama à rayures grises et noires, se tenait assise sur son lit, le regard ensommeillé, s'efforçant de garder la tête droite malgré son envie de dormir. Paméla, enveloppée dans un châle noir qui couvrait presque entièrement sa chemise de nuit en flanelle grise, s'était pelotonnée à l'autre bout du lit. Les chambres des élèves étaient toutes identiques dans leur simplicité : chacune d'elles comportait un lit de fer, une table, une chaise, une

armoire et la lumière du jour n'y pénétrait que par une toute petite fenêtre en forme de meurtrière. Une tringle de fer était fixée au mur, près du plafond. Un canevas y était accroché, sur lequel était brodée une citation extraite du *Traité général des sortilèges et enchantements,* et des chauves-souris venaient s'y suspendre dès l'aube pour prendre une bonne journée de repos après leur chasse nocturne. Amandine Malabul s'entendait à merveille avec les trois chauves-souris qu'elle hébergeait dans sa chambre. Parfois même, celles-ci lui rapportaient en guise de cadeau un cancrelat bien juteux ou une grosse araignée qu'elles avaient trouvée particulièrement appétissante. Amandine aimait les animaux et elle avait hâte d'assister à la cérémonie de remise des chats noirs en se demandant quelle tête aurait le sien. Ses camarades partageaient la même impatience et toutes avaient consacré la soirée à repasser leurs robes de cérémonie et à débosseler leurs chapeaux. Paméla, quant à elle, était dans un tel état d'excitation qu'elle n'avait pas réussi à s'endormir et s'était glissée dans la chambre de son amie pour parler avec elle du grand jour qui s'annonçait.

– Comment appelleras-tu le tien ? demanda Amandine d'une voix ensommeillée.

– Minuit ! Je l'appellerai Minuit ! répondit Paméla. Minuit, c'est un nom plein de mystère, tu ne trouves pas ?

– Je suis inquiète pour demain, confia Amandine en mâchonnant l'extrémité d'une de ses nattes. Il va encore m'arriver des ennuis, je le sens. Je vais marcher sur la queue de mon chaton, ou bien il va sauter par la fenêtre dès qu'il m'aura vue. En tout cas, quelque chose ira mal, j'en suis sûre !

– Ne sois pas stupide, tu sais très bien t'y prendre avec les animaux. D'ailleurs, tu ne risques pas de lui marcher sur la queue, à ton chaton, puisque tu le tiendras dans tes bras. Mademoiselle Jollidodue te le donnera directement sans le poser par terre, alors, tu vois, tu n'as rien à craindre !

Mais avant qu'Amandine ait eu le temps de répondre, la porte de la chambre s'ouvrit à la volée. Mademoiselle Bâtonsec, leur professeur principal, se tenait sur le seuil, une lanterne à la main. C'était une grande femme, droite et maigre, au visage osseux, aux cheveux noirs tirés en arrière et noués en un chignon si serré que la peau de son front semblait tendue à craquer. Mademoiselle Bâtonsec inspirait à ses

élèves une véritable terreur et en la voyant surgir devant elles, vêtue d'une longue robe de chambre noire, Amandine et Paméla s'étaient jetées dans les bras l'une de l'autre.

– Vous ne trouvez pas qu'il est un peu tard pour faire la conversation, jeunes filles ? demanda mademoiselle Bâtonsec d'un ton féroce.

Les deux amies gardèrent le silence, les yeux fixés sur le plancher.

– Mais après tout, peut-être préférez-vous ne pas participer à la cérémonie de demain ? Dans ce cas, continuez ainsi, vous êtes sur la bonne voie, poursuivit leur professeur d'une voix glaciale.

– Oh non ! s'il vous plaît, mademoiselle… bredouillèrent en chœur Amandine et Paméla.

Mademoiselle Bâtonsec jeta un regard à la chandelle, puis, d'un simple signe de tête, ordonna à Paméla de regagner sa propre chambre. Enfin, sans un mot, elle referma la porte. Amandine, encore tremblante d'émotion, s'empressa de souffler la chandelle et plongea sous les couvertures. Elle ne parvint pas à s'endormir, cependant. Par l'étroite fenêtre lui parvenait le hululement des chouettes qui volaient dans la nuit et, quelque part dans le château, elle entendait grincer une porte battue par le vent. Pour dire la vérité, Amandine Malabul ne se sentait guère à l'aise dans l'obscurité, mais ne le répétez à personne. Qui donc pourrait prendre au sérieux une sorcière qui a peur du noir ?

CHAPITRE 2

La cérémonie de remise des chatons avait lieu dans l'immense salle d'honneur aux murs de pierre ornés de boucliers et de portraits qui représentaient les personnages les plus célèbres de l'histoire de la sorcellerie. A l'une des extrémités de la salle, une estrade était dressée devant des rangées de bancs sur lesquels toutes les élèves de l'école avaient pris place.

Mademoiselle Jollidodue et mademoiselle Bâtonsec, pour leur part, s'étaient assises derrière une table, sur l'estrade. Devant elles était posé un grand panier d'osier d'où s'élevaient des miaulements.

Avant toute chose, tout le monde chanta la chanson de l'école :

En avant ! Fièrement
Chevauchons nos balais
Dans la nuit qui s'étend
Sur les sombres forêts.
Chaque jour, nous œuvrons
Sans compter nos efforts
Nous remuons nos chaudrons
Et nous jetons des sorts.

Dans la joie préparons
Nos potions et nos fioles
A jamais nous serons
Fières de notre école !

Amandine chanta en même temps que ses camarades, mais le cœur n'y était guère, car jamais elle n'avait préparé une potion dans la joie et encore moins chevauché un balai avec fierté – elle avait déjà bien du mal à ne pas tomber du manche !

Après que la dernière note eut retenti, mademoiselle Jollidodue fit tinter une petite cloche d'argent posée sur la table et les élèves se mirent alors en file indienne, montant sur l'estrade une par une pour recevoir leur chat. Amandine était la dernière et lorsqu'elle s'approcha de la table, au lieu de lui donner, comme à ses camarades, un chaton au poil noir et luisant, mademoiselle Jollidodue tira du panier un petit chat tigré aux pattes blanches, qui avait l'air d'avoir passé la nuit dehors sous un orage.

– Nous n'en avons plus de noir, déclara

mademoiselle Jollidodue avec un sourire aimable.

Mademoiselle Bâtonsec, elle aussi, souriait, mais il y avait dans son sourire une expression méchante.

Dès que la cérémonie eut pris fin, tout le monde se précipita pour voir le chat d'Amandine.

– Ça, c'est un coup de la mère Bât'sec, dit sombrement Paméla (« la mère Bât'sec » était le surnom que ses élèves avaient donné à mademoiselle Bâtonsec).

– C’est vrai qu’il n’est pas bien beau, admit Amandine en grattant la tête du chaton, mais ça m’est égal. Il faudra simplement que je lui trouve un autre nom. J’avais l’intention de l’appeler Charbon. A présent, en tout cas, il s’agit de lui apprendre à se tenir sur un balai.

Les sorcières de première année descendirent alors dans la cour de récréation pour essayer de convaincre leurs chatons ébahis de prendre leur première leçon de vol. Quelques-uns parvinrent sans trop de mal à s’agripper au manche, mais l’un d’eux semblait nettement plus doué que les autres : fièrement assis sur son balai, il se léchait une patte avec désinvolture, comme si la haute voltige n’avait pour lui aucun secret. Ce chat-là appartenait à une certaine Octavie Pâtafiel, une jeune sorcière qui s’était toujours distinguée par une attitude hautaine et volontiers méprisante à l'égard de ses camarades.

Comme il a déjà été dit précédemment, chevaucher un manche à balai est beaucoup moins facile qu'il n'y paraît. Tout d'abord, le balai reçoit l'ordre de se mettre en place. Il s'élève alors à un mètre environ au-dessus du sol, puis s'immobilise en position horizontale. Lorsque la sorcière s'est assise dessus, elle donne un petit coup sec sur le manche qui prend aussitôt son envol. Une fois en l'air, il suffit, pour le diriger, de lui dire d'un ton ferme : « A droite ! A gauche ! Arrête ! Descends un peu ! » etc. La véritable difficulté consiste à maintenir son équilibre en vol, car si la sorcière se penche un peu trop d'un côté ou de l'autre, elle risque fort de basculer, ce qui peut avoir pour elle deux conséquences fâcheuses : ou bien elle tombe du manche et s'écrase

sur le sol, ou bien elle reste suspendue tête en bas et jupe retroussée jusqu'à ce que l'une de ses camarades vienne à sa rescousse. Il avait fallu plusieurs semaines de chutes et d'atterrissages forcés pour qu'Amandine Malabul parvienne enfin à conduire son balai à peu près convenablement et il semblait bien que son chat n'était pas plus doué qu'elle. Dès qu'elle l'avait posé sur le manche, en effet, il en était tombé sans même chercher à se retenir. Après plusieurs tentatives tout aussi infructueuses, Amandine ramassa son chaton et le secoua dans un geste de mauvaise humeur.

– Stupide ! C'est comme ça que je vais t'appeler ! s'exclama-t-elle, furieuse. Tu n'essayes même pas de te tenir. Regarde les autres, ils y arrivent, eux !

Le chaton la regarda d'un air désolé et lui lécha le nez de sa langue rugueuse.

– Bon, ça va, je n'ai rien dit, poursuivit-elle d'une voix soudain plus douce. Allez, viens, on recommence.

Elle le posa à nouveau sur le balai et, à nouveau, il tomba à terre avec un bruit mat. Paméla, elle, avait plus de chance avec son chat. Certes, l'expérience ne l'enthousiasmait pas mais, au moins, il avait réussi à s'accrocher aux crins du balai, la tête en bas.

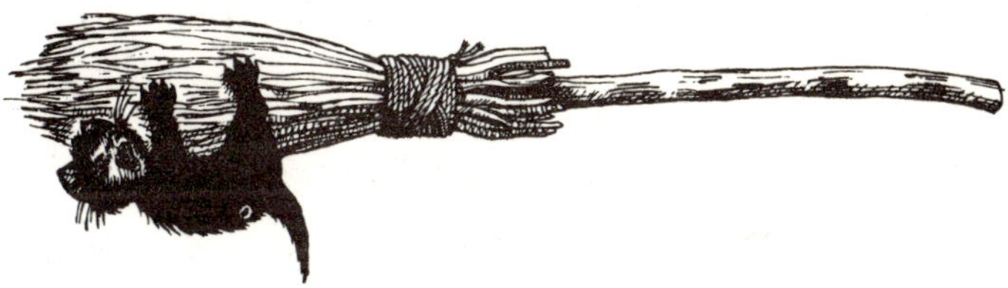

– C'est un début ! dit Paméla avec un éclat de rire.

– Le mien n'y arrive pas, soupira

Amandine en s'asseyant sur son balai pour se reposer un peu.

– Tu sais, ça doit être difficile pour eux. Ils n'ont que leurs griffes pour se tenir.

Amandine Malabul eut soudain une idée.

Laissant son balai en position d'attente, immobile au-dessus du sol, tandis que son chat s'occupait à poursuivre une feuille morte poussée par le vent, elle se précipita à l'intérieur de l'école et en ressortit avec son cartable. Elle l'accrocha alors à l'extrémité du manche, ramassa le chaton et le glissa à l'intérieur. Elle s'installa ensuite sur son balai et lui ordonna de prendre son envol. Le chat tout éberlué, sa tête dépassant à peine du cartable, reçut ainsi son baptême de l'air.

– Paméla ! Regarde ! s'exclama Amandine qui volait à présent autour de la cour de récréation.

– Tu triches ! répondit Paméla en voyant le cartable.

Amandine fit encore un tour, puis, ravie de sa trouvaille, elle vint atterrir devant son amie.

– Ça m'étonnerait que la mère Bât'sec soit d'accord, fit observer Paméla avec une moue dubitative.

– Ça m'étonnerait également, lança derrière elles une voix glaciale. Que diriez-vous d'une selle et d'un guidon

pour rendre votre balai plus maniable, mademoiselle Malabul ?

Amandine devint écarlate.

– Je… je suis désolée, mademoiselle Bâtonsec, bredouilla-t-elle. Je… Mon chat n'y arrive pas bien… Alors, je me suis dit… Peut-être que…

La voix d'Amandine s'évanouit sous le regard noir de son professeur. Elle décrocha alors le cartable du balai et reposa sur le sol son chaton qui semblait tout égaré.

– Jeunes filles, s'écria ensuite mademoiselle Bâtonsec en tapant dans ses mains, je vous rappelle que vous avez demain matin un examen de potions magiques. C'est tout ce que j'avais à vous dire.

Puis elle disparut – au sens propre.

– Ça m'énerve quand elle fait ça, murmura Paméla, le regard fixé sur l'endroit où leur professeur se tenait encore un instant auparavant. On ne sait jamais si elle est vraiment partie ou pas.

– En effet, on ne sait jamais, dit la voix de mademoiselle Bâtonsec, une voix qui paraissait venir de nulle part.

Paméla sursauta et s’empressa de ramasser son chaton.

CHAPITRE 3

Le lecteur attentif se souviendra peut-être d'une dénommée Octavie Pâtafiel dont le chat, dès la première tentative, s'était senti très à l'aise sur son balai. A la différence d'Amandine, Octavie faisait partie de ces bienheureux à qui tout réussit. Elle était toujours la première de sa classe, elle jetait les sorts à la perfection et jamais mademoiselle Bâtonsec ne lui adressait la moindre remarque désobligeante. Pour toutes ces raisons, Octavie Pâtafiel se croyait en droit de traiter ses camarades avec hauteur.

En l'occurrence, elle n'avait rien perdu du dialogue entre Amandine et mademoiselle Bâtonsec et elle ne put résister à l'envie de manifester sa perfidie coutumière.

– Ah ! silence, toi ! répliqua Amandine en s'efforçant de conserver son calme. Ce chat n'est pas plus incapable qu'un autre, il a besoin de temps pour apprendre, c'est tout.

– Toi aussi, tu as besoin de temps ! continua Octavie. C'était quand, ton dernier accident ? La semaine dernière, non ? Tu te souviens ? Le jour où tu t'es écrasée dans les poubelles avec ton balai…

– Ça suffit ! s'écria Amandine. Je te conseille de ne pas insister, sinon…

– Sinon quoi ?

– Je te change en grenouille ! Et, crois-moi, ça me ferait de la peine de devoir en arriver là.

Octavie éclata d'un rire strident.

– C'est trop drôle ! s'exclama-t-elle. Toi ? Me changer en grenouille ? Alors que tu ne connais même pas les sortilèges de débutante ?

Mortifiée, Amandine rougit.

– Allez, vas-y ! poursuivit Octavie Pâtafiel. Vas-y donc, puisque tu es si maligne ! Change-moi en grenouille ! Allez, j'attends !

Les moqueries d'Octavie avaient attiré l'attention des autres élèves et un cercle s'était à présent formé autour des deux jeunes sorcières. Amandine, ainsi défiée devant tout le monde, ne pouvait plus reculer. Or, il se trouvait qu'elle avait justement une idée de la formule magique qui permet de transformer quelqu'un en grenouille (elle l'avait lue à la bibliothèque de l'école). Elle marmonna alors la formule, ou, tout au moins, ce qu'il en restait dans sa mémoire, et Octavie disparut aussitôt. A sa place il y avait maintenant un petit cochon rose et gris. Après un instant de stupeur, des cris s'élevèrent de toutes parts :

– Elle l'a fait !

– Bravo Amandine ! Tu as presque réussi !

– Ça lui va très bien, en tout cas !

– Je suis désolée, Octavie, bredouilla Amandine, horrifiée. Mais aussi, c'est ta faute...

Le cochon avait l'air furieux.

– Espèce de grompf ! grogna-t-il. Si jamais tu ne me grompfes pas immédiatement ma grompfe normale, je te...

A ce moment, mademoiselle Bâtonsec apparut brusquement au beau milieu de la cour de récréation.

– Où est Octavie Pâtafiel ? demanda-t-elle. Mademoiselle Chauveroussie voudrait la voir pour sa leçon de chant.

Son regard se posa alors sur le petit cochon qui continuait de grogner d'un air mécontent.

– Puis-je savoir ce que fait cet animal dans la cour de récréation? demanda-t-elle.

Tout le monde se tourna vers Amandine.

– C'est... c'est moi qui l'ai laissé entrer, balbutia celle-ci.

– Eh bien, faites-le sortir à présent, répliqua mademoiselle Bâtonsec.

– Oh! mais non! C'est impossible! s'exclama Amandine, désemparée. Je veux dire... Et si je le gardais avec moi?

– Vous avez déjà suffisamment de mal à vous garder vous-même, sans compter votre chat! Ce n'est pas le moment d'ajouter un cochon! Allons, dépêchez-vous de le faire sortir. Où est Octavie?

Amandine se pencha vers le cochon.

– Octavie, murmura-t-elle à son oreille du ton le plus aimable, voudrais-tu sortir de la cour quelques instants ? Je te promets que je te ferai rentrer dès qu'elle sera partie. Octavie, s'il te plaît...

Mais on n'a rien à gagner à essayer d'émouvoir des gens tels qu'Octavie Pâtafiel. On ne parvient qu'à leur donner de l'importance et à leur faire sentir le pouvoir qu'ils peuvent en tirer.

– Je ne sortirai pas ! hurla le cochon. Mademoiselle Bâgrompfsec, c'est moi,

Octavie. Et c'est Amandine Malagrompf qui m'a changée en cochgrompf !

Rien ne pouvait jamais surprendre mademoiselle Bâtonsec et cette révélation eut pour seul effet de lui faire hausser un sourcil.

– Eh bien, Amandine, dit-elle, je suis heureuse de constater que vous avez au moins appris une chose depuis que vous êtes entrée dans cette école. Mais peut-être avez-vous eu l'occasion de parcourir le *Code général de la sorcellerie ?* Si tel est le cas, vous aurez sans doute remarqué que l'article 7, alinéa 2, interdit formellement de pratiquer ce genre d'exercice au détriment d'une camarade. Alors, dépêchez-vous de rendre à mademoiselle Pâtafiel sa forme habituelle.

– Je… je crois bien que je ne sais pas le faire, répondit Amandine d'une toute petite voix.

Mademoiselle Bâtonsec la fixa en silence pendant un long moment.

– Dans ce cas, montez à la bibliothèque et tâchez de trouver la formule adéquate, dit-elle enfin d'un ton exaspéré. Emmenez Octavie avec vous. Au passage, vous irez voir mademoiselle Chauveroussie et vous lui expliquerez pourquoi Octavie sera en retard à son cours.

Amandine ramassa son chaton et se hâta en direction de la bibliothèque, suivie par le cochon. Fort heureusement, mademoiselle Chauveroussie n'était pas dans son bureau, ce qui lui évita une corvée. En revanche, elle eut à supporter les grognements d'Octavie qui s'efforçait de faire le plus de bruit possible pour attirer l'attention ; et lorsqu'elles entrèrent dans la bibliothèque, tous les regards se tournèrent vers Amandine qui se sentit tellement gênée qu'elle aurait voulu disparaître sous la table.

– Dépêchgrompf-nous, grogna le cochon.

– Ah ! ça suffit, tais-toi ! répliqua Amandine en feuilletant hâtivement l'énorme livre consacré aux formules magiques. D'abord, tout est de ta faute. C'est toi qui m'as demandé de te jeter un sort, alors ne viens pas te plaindre, maintenant !

– Je t'avais dit de me changer en grenouille, pas en cochgrompf ! fit remarquer Octavie avec sa mesquinerie habituelle. Et tu n'y es même pas arrivée !

Amandine décida de ne pas répondre et continua de consulter l'épais volume. Il lui fallut une demi-heure pour découvrir la bonne formule qu'elle prononça aussitôt. Un instant plus tard, les élèves présentes dans la bibliothèque virent avec stupeur le cochon se transformer en une Octavie Pâtafiel tout aussi détestable qu'à l'ordinaire, qui lançait des regards furieux.

– Ne te mets pas en colère, lui dit Amandine d'une voix apaisante, tu sais bien qu'il ne faut pas faire de bruit dans une bibliothèque…

Puis elle se précipita dans le couloir en emportant son chat.

– Eh bien, je l'ai échappé belle ! dit-elle

au chaton blotti contre son épaule. Je vais te déposer dans ma chambre et, ensuite, j'irai réviser mes potions pour demain. Ce n'est pas le moment de rater mon examen ! Sois sage et laisse les chauves-souris tranquilles, d'accord ?

Chapitre 4

Le lendemain matin, les jeunes sorcières entrèrent en file indienne dans le laboratoire où devait avoir lieu l'examen de potions magiques. Comme toujours en pareil cas, il régnait une certaine anxiété, chacune d'elles se demandant si elle avait bien révisé toutes les formules du programme. Octavie Pâtafiel était la seule à n'avoir aucune appréhension: elle savait toujours tout et considérait ce genre d'épreuve comme une simple formalité.

– Allons, jeunes filles, à vos places ! Dépêchons-nous ! ordonna mademoiselle Bâtonsec. Deux par chaudron et pas de bavardages ! Voici le sujet de l'examen : vous devrez préparer une potion d'hilarité avec interdiction de consulter vos manuels. Amandine Malabul, veuillez refermer ce livre immédiatement! Mettez-vous au travail en silence et, quand vous aurez fini, vous goûterez un peu de votre potion pour vérifier son efficacité. Allez-y, commencez!

Bien entendu, Amandine et Paméla partageaient le même chaudron mais, par malchance, ni l'une ni l'autre n'avaient révisé le chapitre du manuel consacré à la potion d'hilarité.

– Je m'en souviens très vaguement, murmura Paméla. Laisse-moi faire, je pense que je devrais y arriver.

Elle entreprit de choisir des ingrédients parmi ceux qui avaient été disposés sur chaque table et se mit au travail. Lorsqu'elle eut tout mélangé, elle fit chauffer le chaudron et, bientôt, un liquide rose vif commença à bouillonner en dégageant une fumée âcre.

– Normalement, le liquide devrait être vert, assura Amandine en contemplant le chaudron. On aurait dû y ajouter une poignée de renoncules scélérates cueillies à minuit un soir de pleine lune.

– Tu es sûre? s'étonna Paméla.

– Oui… répondit Amandine sans grande conviction.

– Tu es vraiment sûre? insista Paméla. Tu te souviens de ce qui est arrivé la dernière fois?

– J'en suis tout à fait sûre, trancha Amandine. D'ailleurs, regarde, ils ont mis une poignée de renoncules scélérates sur chaque table, c'est bien pour qu'on s'en serve, non?

– Bon, d'accord, admit Paméla. Dans ce cas, allons-y. De toute façon, ça ne peut pas faire de mal.

Amandine prit la renoncule et la versa dans le chaudron. A tour de rôle, elles se mirent alors à remuer la mixture dont la teinte tourna bientôt au vert foncé.

– Quelle horrible couleur, remarqua Paméla.

– Vous êtes prêtes ? demanda mademoiselle Bâtonsec en tapotant son bureau à l'aide d'une règle. Vous devriez avoir fini depuis au moins cinq minutes. Il faut savoir préparer très vite une potion d'hilarité, en cas d'urgence.

Octavie Pâtafiel, qui occupait la table située juste devant celle d'Amandine et Paméla, continuait de remuer son chaudron. Amandine se dressa sur la pointe des pieds pour jeter un coup d'œil à la mixture d'Octavie et constata avec horreur que le liquide était rose vif.

« Malheur ! pensa Amandine. Je me demande bien quelle potion nous avons encore fabriquée ! »

Mademoiselle Bâtonsec tapota à nouveau son bureau.

– A présent, vous allez goûter vos

potions, ordonna-t-elle. Mais n'en prenez pas trop, je ne veux pas de fous rires.

Chaque élève préleva alors dans son chaudron une éprouvette du liquide qu'il contenait et en but quelques gouttes. Aussitôt, des éclats de rire s'élevèrent

dans la salle. Octavie Pâtafiel qui, comme d'habitude, avait fait la meilleure potion, riait encore plus fort que les autres, si fort que de grosses larmes coulaient sur ses joues. Seules Amandine et Paméla ne riaient pas.

– Je me sens bizarre, dit Paméla. Pourquoi ne rions-nous pas ?

– Je ne voudrais pas t'inquiéter, mais je crois bien que... commença Amandine.

Avant qu'elle n'ait eu le temps de terminer, toutes deux avaient disparu !

– Chaudron numéro deux, lança mademoiselle Bâtonsec d'un ton cassant, vous vous êtes trompées de potion, me semble-t-il!

– C'est... c'est ma faute... dit la voix d'Amandine derrière le chaudron.

– Je n'en doute pas, répliqua mademoiselle Bâtonsec avec sévérité. Vous allez vous asseoir jusqu'à ce que vous soyez redevenues visibles. Ensuite, mademoiselle Malabul, vous irez faire un tour dans le bureau de la directrice. Vous lui expliquerez vous-même la raison pour laquelle je vous y ai envoyée.

Tout le monde avait depuis longtemps quitté la salle lorsque Amandine et Paméla commencèrent à réapparaître. Mais les effets de la potion étaient lents à se dissiper et, pour l'instant, seules leurs têtes étaient à nouveau visibles. Le reste du corps suivrait peu à peu.

– Je suis désolée, dit la tête d'Amandine.

– Ce n'est pas grave, répondit celle de Paméla, mais il faudrait quand même que tu réfléchisses un peu de temps en temps. J'avais réussi à la faire, cette satanée potion, c'est toi qui as tout gâché.

– Désolée... répéta Amandine d'un ton penaud.

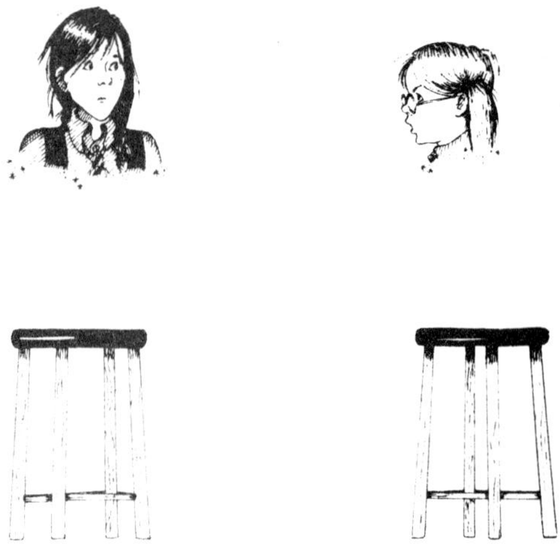

Puis, soudain, elle éclata de rire.

– Tu sais que tu as l'air drôle quand on ne voit que ta tête, dit-elle à Paméla.

Toutes deux se mirent alors à rire ensemble, redevenant d'un coup les meilleures amies du monde.

– Bon, je ferais bien d'aller voir la mère Jollidodue, à présent, dit Amandine lorsqu'elle fut redevenue entièrement visible.

– Je t'accompagne jusqu'à sa porte, proposa Paméla.

Mademoiselle Jollidodue était petite et très grosse. Elle avait des cheveux gris coupés court et portait des lunettes d'écaille qu'elle remontait généralement sur son front. Sa nature bienveillante et son air volontiers distrait en faisaient l'exact opposé de mademoiselle Bâtonsec. Elle n'inspirait jamais la moindre crainte à ses élèves, tandis qu'un simple mot de mademoiselle Bâtonsec aurait suffi à faire rentrer sous terre l'apprentie sorcière la plus hardie. La technique de mademoiselle Jollidodue était toute différente. Elle se montrait toujours amicale et semblait ravie chaque fois qu'elle voyait entrer dans son bureau l'une ou l'autre de ses élèves. C'était là le meilleur moyen d'accroître l'embarras de celles qui avaient quelque chose de désagréable à lui annoncer – ce qui était presque toujours le cas d'Amandine.

Amandine Malabul frappa à la porte du bureau de mademoiselle Jollidodue en espérant qu'elle serait absente. Hélas! elle était là.

– Entrez! lança la voix familière à l'intérieur de la pièce.

Amandine poussa la porte et pénétra dans le bureau. Pour une fois, mademoiselle Jollidodue avait mis ses lunettes sur son nez et écrivait d'un air absorbé sur les pages d'un énorme registre. Elle releva alors la tête et jeta un coup d'œil par-dessus ses lunettes.

– Ah! Amandine, dit-elle d'une voix joyeuse. Viens, assieds-toi, j'en ai pour une minute et je suis à toi.

Amandine referma la porte et alla prendre place sur une chaise, devant le bureau de mademoiselle Jollidodue. «Si seulement elle n'était pas aussi contente de me voir...», pensa-t-elle.

Un instant plus tard, mademoiselle Jollidodue ferma le registre d'un coup sec et releva ses lunettes sur son front.

– Alors, que puis-je faire pour toi? demanda-t-elle à Amandine.

– Eh bien, heu... voilà... répondit

celle-ci en se tordant nerveusement les mains. Mademoiselle Bâtonsec m'a envoyée vous voir parce que je me suis encore trompée de potion à l'examen de ce matin...

Le sourire de mademoiselle Jollidodue disparut et elle poussa un profond soupir qui traduisait toute sa déception. Amandine avait l'impression de rapetisser à vue d'œil.

– Vraiment, je ne sais plus quoi te dire, déclara mademoiselle Jollidodue d'une voix lasse. Il ne se passe pas une semaine sans que l'un ou l'autre de tes professeurs t'envoie ici et tout ce que je te dis semble n'avoir aucun effet. Si tu continues à te conduire d'une manière aussi navrante, tu n'obtiendras jamais ton bachatlauréat. Ma pauvre Amandine, tu es la sorcière la plus maladroite de toute l'école. Chaque fois que quelque chose ne va pas, on peut presque toujours être sûr que c'est toi qui en es responsable. Ça ne peut vraiment pas durer. Qu'as-tu à dire pour ta défense, cette fois-ci?

– Je… je ne sais pas… répondit Amandine d'une voix contrite. Tout ce que je fais se termine toujours mal. Mais ce n'est pas exprès.

– C'est un peu court comme excuse, fit remarquer mademoiselle Jollidodue. On peut très bien vivre sans provoquer de catastrophes partout où l'on met les pieds. Tout le monde y arrive, sauf toi. Il est temps de te ressaisir, Amandine. Je te préviens, je ne tolérerai plus aucune faute de ta part, désormais. C'est compris?

– Oui, mademoiselle Jollidodue, bredouilla Amandine d'un ton qu'elle essaya de rendre le plus humble possible.

– Allez, va, maintenant, reprit la directrice, et souviens-toi de ce que je t'ai dit.

Paméla attendait dans le couloir. Lorsque Amandine sortit, elle se précipita vers elle, impatiente de savoir ce qui s'était passé.

– Elle est vraiment gentille, déclara Amandine. Elle m'a dit ce qu'elle dit chaque fois, rien de plus. Elle n'aime pas faire de la peine aux gens. En tout cas, il faut que je fasse attention, à partir de maintenant. Viens, on va donner une nouvelle leçon de balai à nos chatons.

CHAPITRE 5

Le lendemain matin, mademoiselle Bâtonsec avait l'air songeur lorsqu'elle entra dans la classe, vêtue d'une toute nouvelle robe à rayures noires et grises, une broche agrafée sur l'épaule.

– Bonjour, jeunes filles ! lança-t-elle d'un ton moins brusque qu'à l'ordinaire.

– Bonjour, mademoiselle, répondirent en chœur ses élèves.

Mademoiselle Bâtonsec mit un peu d'ordre dans les livres posés sur son bureau puis elle promena son regard sur les jeunes sorcières assises derrière leurs pupitres.

– J'ai quelque chose à vous annoncer, dit-elle alors. Quelque chose qui me remplit de joie, mais qui me cause également une certaine inquiétude.

Elle lança à Amandine un regard glacial.

– Comme vous le savez, le Carnaval aura lieu dans deux semaines, et comme d'habitude notre école y présentera un spectacle. Or, cette année, c'est notre classe qui a été choisie pour réaliser ce spectacle.

Des exclamations de joie s'élevèrent aussitôt dans la salle.

– Il s'agit là d'un grand honneur, certes, poursuivit mademoiselle Bâtonsec, mais c'est également une lourde responsabilité. L'Académie de mademoiselle Jollidodue bénéficie d'une excellente réputation. Il faut que nous soyons à la hauteur de cette réputation. L'année dernière, les élèves de troisième année ont joué une pièce de théâtre qui a remporté un grand succès; cette fois-ci, j'ai pensé que nous pourrions offrir une démonstration de vol de balais. Il faudra pour cela suivre un entraînement intensif car certaines d'entre vous ont encore un peu de mal à garder l'équilibre sur leur manche, mais je suis sûre que nous pouvons présenter un spectacle de grande qualité qui aura beaucoup de succès. Quelqu'un a-t-il une autre proposition à faire?

Mademoiselle Bâtonsec posa un regard perçant sur ses élèves qui se recroquevillèrent aussitôt sur leurs bancs. Personne n'aurait osé émettre la moindre objection, même si certaines en avaient éprouvé l'envie.

– Parfait, reprit mademoiselle Bâtonsec, nous sommes donc d'accord. Et, comme il n'y a pas de temps à perdre, nous allons descendre immédiatement dans la cour pour nous entraîner. Allez chercher vos balais, je veux que tout le monde soit prêt dans deux minutes.

Et à peine avait-elle fini de parler qu'elle disparut.

Au comble de l'excitation, les jeunes sorcières se précipitèrent alors dans le couloir pour aller chercher leurs balais qu'elles conservaient dans leurs chambres. Quelques instants plus tard, l'escalier résonnait du martèlement des semelles cloutées sur les marches de pierre: les élèves, leurs balais à la main, descendaient dans la cour où mademoiselle Bâtonsec les attendait.

– Nous allons commencer par un petit exercice, dit-elle. Vous vous mettrez en rang par deux et vous ferez le tour de l'école en volant bien en ordre.

Les sorcières s'envolèrent aussitôt dans un ordre qui n'était pas toujours parfait, mais traduisait malgré tout une bonne volonté digne d'éloges.

– C'est très bien, approuva mademoiselle Bâtonsec lorsque ses élèves atterrirent devant elle après avoir fait le tour de l'école. Mademoiselle Malabul, vous vous balanciez dangereusement sur votre balai mais, à part ça, tout s'est bien passé. Je vous ai fait une liste des figures que vous aurez à exécuter le jour du Carnaval. Tout d'abord, vous volerez en file indienne et chacune d'entre vous devra monter et descendre alternativement. Ce ne sera pas trop difficile. Ensuite, vous formerez un grand «V», comme un vol d'oies sauvages. Enfin, vous descendrez en piqué et, quand vous serez arrivées juste au-dessus du sol, vous remonterez brusquement en chandelle. Cette partie-là sera la moins facile...

Amandine et Paméla échangèrent un regard horrifié.

– Et, pour conclure, poursuivit mademoiselle Bâtonsec, vous formerez un cercle fermé: chaque balai devra toucher celui qui le précède. Des questions?... Non?... Très bien. Dans ce cas, nous allons tout de suite commencer la première figure. Mademoiselle Malabul, pourriez-vous nous rappeler quelle est cette première figure?

– C'est... heu... il faut descendre en piqué...

– Non, ce n'est pas ça. Octavie, vous vous en souvenez sans doute?

– Il faut voler en file indienne et chacune d'entre nous devra monter et descendre alternativement. Ce ne sera pas trop difficile... répondit Octavie Pâtafiel qui savait toujours tout.

– Très bien, Octavie, approuva mademoiselle Bâtonsec en lançant à Amandine un regard mauvais. Nous allons nous entraîner toute la matinée et nous recommencerons tous les matins jusqu'au jour du Carnaval. Nous pourrons peut-être même travailler cet après-midi si j'arrive à convaincre mademoiselle Chauveroussie d'annuler la leçon de chant.

Pendant deux semaines, les élèves de mademoiselle Bâtonsec suivirent un entraînement intensif auquel elles consacraient la moindre minute libre et, lorsque arriva le temps du Carnaval, leur spectacle était parfaitement réglé. Il n'y avait eu qu'un seul incident au cours des répétitions: lors d'une descente en piqué, Paméla avait redressé son balai un peu trop tard et son chapeau avait à présent la forme d'un accordéon. A part cela, tout s'était bien passé. Même Amandine avait fait de son mieux, exécutant tous les exercices avec application.

La veille du Carnaval, mademoiselle Bâtonsec réunit ses élèves dans la cour pour leur donner ses derniers conseils.

– Je suis très contente de vous, dit-elle d'un ton presque aimable. Demain, vous porterez vos plus belles robes et je compte sur vous pour qu'elles soient propres et bien repassées.

Elle jeta alors un coup d'œil au balai d'Amandine.

– Mademoiselle Malabul, pourriez-vous m'expliquer pourquoi vous avez mis du papier collant au milieu du manche de votre balai? demanda-t-elle.

– C'est parce que je... je l'ai cassé en deux au début du trimestre, confessa Amandine.

Octavie Pâtafiel pouffa de rire.

– Évidemment, c'est une bonne raison... Mais il n'est pas question que vous utilisiez ce balai le jour du spectacle. Octavie, je crois que vous possédez un deuxième balai. Vous pourriez peut-être le prêter à votre camarade?

– Mon balai! s'exclama Octavie. Mais,

mademoiselle, c'est un cadeau d'anniversaire, je ne voudrais pas qu'il soit abîmé.

Mademoiselle Bâtonsec posa sur Octavie un regard noir.

– Soit, dit-elle de son ton le plus glacial. Puisqu'il en est ainsi…

– Je n'ai pas dit que je ne voulais pas le prêter… reprit Octavie d'une voix timide. Simplement, je ne voudrais pas que… Je… je vais tout de suite le chercher, mademoiselle…

Et elle se précipita à l'intérieur de l'école.

Octavie Pâtafiel n'avait toujours pas pardonné à Amandine de l'avoir un jour changée en cochon et, tandis qu'elle montait l'escalier en colimaçon qui menait à sa chambre, elle eut soudain l'idée d'une vengeance, une vengeance cruelle, implacable, qui en disait long sur sa malfaisance. «Je te tiens, Amandine Malabul», siffla-t-elle entre ses dents alors qu'elle sortait le balai de son placard.

– Et maintenant, balai, écoute-moi bien, dit-elle, c'est très important…

La classe était terminée lorsque Octavie redescendit dans la cour avec son balai. Amandine profitait de ses derniers moments libres pour faire quelques exercices de descente en piqué.

– Voici le balai! lui annonça Octavie. Je le laisse contre le mur.

– Merci beaucoup, répondit Amandine, ravie de voir Octavie si aimable avec elle – elles ne s'étaient plus adressé la parole depuis l'histoire du cochon –, c'est très gentil à toi.

– Mais c'est tout naturel, lança Octavie Pâtafiel en esquissant un sourire diabolique tandis qu'elle retournait à l'intérieur de l'école.

CHAPITRE 6

Chaque année, le Carnaval était célébré dans les ruines d'un vieux château situé tout près de l'Académie. Des feux étaient allumés au coucher du soleil et, dès la nuit tombée, sorcières et sorciers se rassemblaient autour des flammes.

Lorsque le soleil descendit à l'horizon, les élèves de l'école se préparèrent à partir. Amandine lissa sa longue robe, dit au revoir à son chaton, mit son chapeau, prit le balai d'Octavie et se hâta de descendre dans la cour après avoir jeté un coup d'œil par la fenêtre: au loin, les premiers feux avaient été allumés et c'était là un spectacle exaltant.

Les autres élèves étaient déjà rassemblées dans la cour lorsque Amandine se précipita au-dehors pour prendre sa place parmi elles.

Vêtue de sa plus belle robe de sorcière et coiffée de son chapeau, mademoiselle Bâtonsec était resplendissante.

– Tout le monde est là, à présent, annonça-t-elle à mademoiselle Jollidodue.

– Eh bien ! en route, dans ce cas ! répondit cette dernière. La fête nous attend ! Attention, préparez-vous à partir ! Les élèves de cinquième année d'abord, puis celles de quatrième année et ainsi de suite jusqu'à la première année.

Les jeunes sorcières s'envolèrent alors vers le château, leurs longues capes flottant au vent du soir. Les élèves des classes supérieures avaient emmené

leurs chats, assis fièrement au bout de leurs balais. Cette envolée de sorcières au-dessus des arbres offrait un spectacle étonnant. Mademoiselle Bâtonsec était particulièrement impressionnante: droite et digne, comme à son habitude, elle volait cheveux au vent, de longs cheveux noirs qu'elle avait pour une fois laissés libres. Jamais encore ses élèves ne l'avaient vue cheveux défaits et ils étaient si longs, si épais qu'elles se demandaient bien comment elle s'y prenait pour les nouer chaque jour en un chignon si serré.

– Elle est belle quand elle a les cheveux comme ça, tu ne trouves pas? murmura Paméla à Amandine qui volait à côté d'elle.

– C'est vrai, approuva Amandine, elle paraît beaucoup moins effrayante que d'habitude.

Mademoiselle Bâtonsec se retourna et leur lança un regard furieux.

– On ne parle pas pendant les vols! dit-elle d'un ton courroucé.

A leur arrivée au château, une foule immense était déjà réunie. Les élèves de l'Académie atterrirent et se disposèrent en rangs impeccables tandis que mademoiselle Jollidodue et ses professeurs échangeaient des poignées de main avec le Grand Maître Sorcier. Ce dernier était très vieux, il portait une longue barbe blanche et une robe pourpre brodée de lunes et d'étoiles.

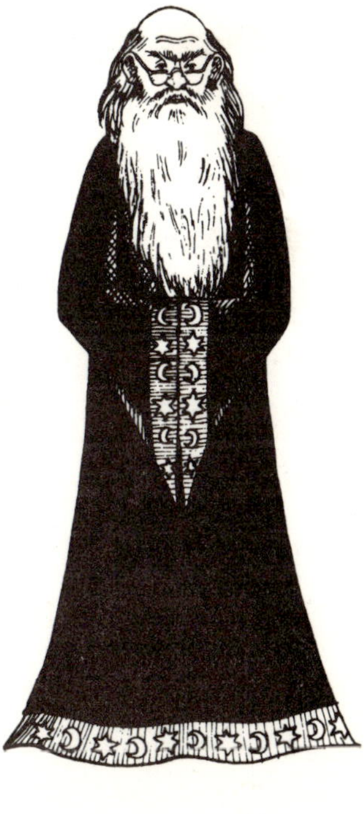

– Alors, qu'avez-vous préparé pour notre petite fête? demanda-t-il d'un ton jovial.

– Nous allons vous présenter une démonstration de vol de balais, Votre Honneur, répondit mademoiselle Jollidodue. Êtes-vous prête, mademoiselle Bâtonsec?

Celle-ci frappa dans ses mains et ses élèves se mirent en file indienne, Octavie à leur tête.

– Vous pouvez y aller, dit mademoiselle Bâtonsec.

Octavie, suivie du reste de la classe, s'éleva aussitôt dans les airs en décrivant une trajectoire parfaite. Tout d'abord, les jeunes sorcières se placèrent l'une derrière l'autre, chacune montant et descendant alternativement. Ensuite, elles formèrent un grand «V», puis vint la descente en piqué – durant laquelle mademoiselle Jollidodue ferma les yeux en croisant les doigts, mais rien de fâcheux ne se produisit.

– Vos élèves font des progrès constants, déclara l'une des sorcières présentes à mademoiselle Bâtonsec.

Celle-ci eut un sourire satisfait.

Pour la dernière figure, les élèves devaient former un cercle, ce qui ne présentait aucune difficulté.

– Ce sera bientôt fini, murmura Paméla en venant se placer devant Amandine.

Mais, lorsque le cercle fut constitué, Amandine s'aperçut que quelque chose n'allait pas. Son balai, en effet, se mit à remuer en tous sens, comme s'il essayait de lui faire perdre l'équilibre.

– Paméla! s'écria-t-elle. Je ne sais pas ce qu'il y a, mais…

Elle n'eut pas le temps d'en dire davantage. Son balai se releva brusquement derrière elle, comme un cheval sauvage qui lance une ruade, et elle tomba, s'accrochant à Paméla dans sa chute.

Il s'ensuivit une grande confusion. Des hurlements de panique s'élevèrent aussitôt de toutes parts et, en quelques instants, le cercle parfait qui tournoyait élégamment dans les airs se transforma en un enchevêtrement de sorcières et de balais qui tombèrent sur le sol dans un désordre indescriptible. Octavie Pâtafiel fut la seule qui parvint à atterrir sans le moindre dommage. Parmi les sorcières les plus jeunes, quelques-unes, trouvant l'incident plutôt cocasse, éclatèrent de rire, mais la plupart de leurs camarades avaient la mine défaite.

– Je… je vous présente toutes mes excuses, Votre Honneur, bredouilla mademoiselle Jollidodue tandis que mademoiselle Bâtonsec se précipitait sur ses élèves pour s'efforcer de les démêler les unes des autres. Je ne comprends pas ce qui a pu se passer, mais il doit y avoir une explication…

– Mademoiselle Jollidodue, dit le Grand Maître d'un ton grave, vos élèves sont les sorcières de l'avenir. En cet instant,

permettez-moi de vous dire que cet avenir m'apparaît bien sombre…

Il s'interrompit et un lourd silence s'installa pendant lequel mademoiselle Bâtonsec lança à Amandine des regards assassins.

– Je suggère cependant que nous ne parlions plus de cet incident, reprit le Grand Maître Sorcier. Que commencent à présent les chants et les danses.

Chapitre 7

La fête dura jusqu'à l'aube et les élèves rentrèrent alors à l'école, fatiguées par cette nuit sans sommeil. Certaines d'entre elles avaient dû prendre place derrière l'une ou l'autre de leurs camarades, leur propre balai s'étant cassé au cours de l'accident. Personne, cependant, ne s'était risqué à voyager sur celui d'Amandine. D'ailleurs, on ne lui adressait même plus la parole – Paméla elle-

même la considérait avec froideur. La honte du désastre avait rejailli sur toutes les élèves de première année, et leurs camarades des autres classes les traitaient maintenant avec dédain. De retour à l'Académie, tout le monde alla directement se coucher. Lorsque prenait fin la nuit du Carnaval, la coutume voulait que l'on dorme jusqu'à midi.

– Amandine! dit mademoiselle Jollidodue d'un ton cassant tandis que les élèves de première année regagnaient leurs chambres, la tête basse. Mademoiselle Bâtonsec et moi-même, nous voudrions te voir dans mon bureau dès que tu seras réveillée.

– Bien, mademoiselle, répondit Amandine au bord des larmes.

Puis elle monta l'escalier. Alors qu'elle ouvrait la porte de sa chambre, Octavie Pâtafiel, qui l'avait suivie en silence, se pencha vers elle.

– Voilà qui t'apprendra à changer les gens en cochons ! murmura-t-elle.

Elle ponctua sa remarque d'une horrible grimace et s'enfuit dans le couloir.

Amandine referma la porte et se laissa tomber sur son lit. Elle faillit écraser le chaton qui dormait paisiblement et n'eut que le temps de faire un bond de côté.

– Oh, Petitpas – c'est ainsi qu'elle l'avait appelé –, si tu savais… dit-elle en enfouissant son visage dans sa fourrure tigrée. C'était affreux! Et ce n'est même pas ma faute! Mais aussi j'aurais dû m'en douter! Octavie ne m'aurait jamais prêté son balai par simple gentillesse. Tout le monde est persuadé qu'une fois de plus j'ai été maladroite, et je n'arriverai jamais à leur faire croire le contraire!

Le chaton lui lécha l'oreille d'un air compatissant, tandis que les trois chauves-souris, de retour de leurs escapades nocturnes, revenaient se suspendre à leur tringle favorite.

Deux heures plus tard, Amandine, couchée dans son lit, ne dormait toujours pas. Elle essayait d'imaginer son entrevue avec mademoiselle Jollidodue et mademoiselle Bâtonsec. Son chaton, lui, s'était pelotonné contre sa poitrine, insouciant et placide.

«Ce sera terrible... songeait Amandine en contemplant avec tristesse le ciel gris dont l'étroite fenêtre laissait voir un morceau. Elles vont peut-être me renvoyer? Et si je leur disais que c'est la faute d'Octavie? Non, dénoncer une camarade, je ne pourrais jamais faire une chose pareille. Et si elles décident de me changer en grenouille? Non, je suis sûre qu'elles ne feraient pas ça. C'est contraire au Code de la sorcellerie. Je me demande bien ce qui va m'arriver. Même Paméla pense que c'est ma faute, et je n'ai jamais vu la mère Bât'sec aussi furieuse…»

Elle resta là un long moment à ruminer ses pensées, puis soudain, saisie d'une véritable panique à l'idée de ce qui l'attendait, elle sauta d'un bond à bas du lit.

– Allez, viens, Petitpas, dit-elle en prenant un sac dans une armoire. On s'en va.

Elle remplit le sac de vêtements et de livres et revêtit sa plus belle robe. L'uniforme de l'école risquait en effet de la rendre reconnaissable de loin. Elle prit ensuite son balai, mit le chat dans le sac, sortit dans le couloir et se dirigea vers l'escalier à pas feutrés.

«Mes chauves-souris vont me manquer», songea-t-elle.

C'était une matinée froide et grise. Amandine ramena sa cape sur ses épaules et observa les alentours pour s'assurer que personne ne pouvait la voir. Ainsi endormie en plein jour, l'école avait pris soudain un aspect étrange. L'accès à la cour était barré par de hautes portes. Comme d'habitude, elles étaient fermées à clé et Amandine dut les franchir en volant sur son balai. Mais celui-ci, déséquilibré par le sac accroché à son extrémité, n'était guère facile à manœuvrer et, dès qu'elle fut passée de l'autre côté, elle s'empressa d'atterrir pour continuer son chemin à pied à travers la forêt de pins.

– J'ignore où nous allons, Petitpas, mais nous ne tarderons pas à le savoir, dit-elle en commençant à descendre le flanc de la montagne.

Chapitre 8

La forêt était sombre. L'épais branchage des grands arbres noirs obscurcissait le ciel et Amandine, ainsi plongée dans les ténèbres, se sentait de plus en plus mal à l'aise à mesure qu'elle avançait. Lorsqu'elle approcha du pied de la montagne, elle s'assit contre un arbre pour se reposer un peu. Le chaton, lui, sauta hors du sac et alla s'étirer dans l'herbe.

Tout était calme. On n'entendait que le chant de quelques oiseaux et un bruit étrange, une sorte de bourdonnement, comme si, quelque part dans la forêt, plusieurs personnes parlaient en même temps et sur le même ton. Amandine tendit l'oreille: oui, c'étaient bien des voix qu'elle entendait. Elle regarda dans la direction d'où venait le bruit et elle vit quelque chose bouger parmi les arbres.

– Viens, Petitpas, on va jeter un coup d'œil là-bas, murmura-t-elle.

Elle laissa son sac et son balai auprès de l'arbre et s'avança parmi les buissons, suivie par son chat. Le bourdonnement devenait de plus en plus présent.

– Regarde, là-bas, derrière les branches, il y a des gens qui parlent, dit-elle.

On apercevait en effet, au milieu d'une clairière, une vingtaine de sorcières,

assises en cercle, qui conversaient à voix basse. Amandine n'en connaissait aucune. L'une d'elles, de haute taille, les cheveux grisonnants, se leva alors. Amandine s'avança encore un peu et écouta.

– Allons, allons, un peu de silence! dit la sorcière grisonnante d'une voix de fausset. J'ai quelque chose à vous dire! Allons, allons, taisez-vous! C'est important! Comment pouvons-nous être sûres qu'elles seront toutes endormies? Allons, allons, répondez-moi!

Elle se rassit et une autre sorcière se leva aussitôt. Elle était petite, rondelette, et portait des lunettes d'écaille de couleur verte. Pendant un instant, Amandine, horrifiée, crut qu'il s'agissait de mademoiselle Jollidodue en personne, mais sa voix était toute différente.

– Il n'y a aucun doute là-dessus, assura la sorcière aux lunettes vertes, le jour qui suit le Carnaval, toute l'école dort jusqu'à midi. C'est une règle et on ne plaisante pas avec les règles à l'Académie Supérieure de Sorcellerie! Personne n'ouvrira l'œil avant midi moins cinq au plus tôt. Nous volerons par-dessus le mur et nous atterrirons au fond de la cour. Là, personne ne pourra nous entendre: les chambres sont trop loin. Sans compter que nous serons invisibles! Par conséquent, nous n'avons rien à craindre. Il ne nous restera plus alors qu'à nous séparer et à aller dans les chambres pour les changer toutes en grenouilles. Même si elles sont réveillées, elles ne pourront pas nous voir! N'oubliez pas d'emporter une boîte chacune pour y mettre les grenouilles, ajouta-t-elle en désignant une pile de petites boîtes en carton. Quand nous en aurons terminé, toute l'école, bâtiment, élèves et professeurs, nous appartiendra! La potion d'invisibilité est-elle prête? poursuivit-elle en se tournant vers une jeune sorcière qui s'affairait devant un chaudron.

Elle était en train de remuer la même mixture qu'Amandine et Paméla avaient fabriquée le jour de l'examen.

– Encore quelques minutes, répondit la jeune sorcière en jetant dans le chaudron une poignée de moustaches de chauves-souris. Il faut laisser bouillir un peu.

Épouvantée, Amandine, toujours suivie de son chaton, revint à pas feutrés jusqu'à l'endroit où elle avait laissé son sac, puis s'enfonça dans l'ombre de la forêt, là où on ne pouvait la voir.

– Qu'allons-nous faire, Petitpas? murmura-t-elle, imaginant avec horreur son amie Paméla réduite à l'état de grenouille. Nous ne pouvons quand même pas les laisser s'emparer de l'école?

Elle fouilla dans son sac et en sortit les deux livres qu'elle avait emportés. L'un d'eux était le *Code général de la sorcellerie*, l'autre, son livre de formules magiques. Amandine feuilleta rapidement ce dernier et s'arrêta à la page des formules qui permettent de transformer quelqu'un en animal. Le manuel ne donnait qu'un seul exemple: comment changer quelqu'un en escargot?

«Et si j'osais? pensa-t-elle. Si j'osais les changer en escargots?»

Son chaton leva les yeux vers elle et il lui sembla voir dans son regard un signe d'encouragement.

– Je sais bien que c'est contraire au Code de la sorcellerie, murmura-t-elle, mais ce sont elles qui ne le respectent pas. Elles veulent nous changer en grenouilles pendant notre sommeil, je ne vois pas pourquoi je ne leur rendrais pas la pareille! On a le droit de se défendre, non?

Amandine retourna alors vers la clairière, serrant son livre contre sa poitrine.

«Bon, eh bien, allons-y…» songea-t-elle avec l'énergie du désespoir.

Il était temps d'agir: les sorcières, en effet, commençaient à verser la potion d'invisibilité dans des tasses. Amandine ne perdit pas un instant. Les bras tendus en direction de la clairière, elle fit quelques moulinets (c'est là un exercice très délicat lorsqu'on veut jeter un sort sans attirer l'attention) et marmonna la formule magique. Tout d'abord, il ne se passa rien: les sorcières continuèrent de s'affairer autour du chaudron en bavardant gaiement. Amandine, accablée, ferma les yeux mais, lorsqu'elle les rouvrit, tout le monde avait disparu. Il ne restait plus, dans l'herbe de la clairière, qu'une vingtaine d'escargots de tailles et de formes diverses.

– Regarde, Petitpas! J'ai réussi! s'exclama Amandine.

D'un bond, le chat sortit de sous les fourrés et contempla les escargots qui essayaient de s'enfuir le plus vite possible, c'est-à-dire pas très vite, en vérité! Amandine prit l'une des boîtes en carton, ramassa délicatement les mollusques un par un et les y enferma.

–Le mieux, c'est de les amener à l'école et de tout raconter à mademoiselle Jollidodue, dit Amandine à son chat.

Elle se rappela alors avec frayeur son rendez-vous dans le bureau de la directrice. Hésitant un instant, elle interrogea Petitpas du regard.

– Il faut bien que nous rentrions, non? On ne peut tout de même pas laisser les escargots ici…

Et ainsi, ils se remirent en route vers le sommet de la montagne. Amandine portait la boîte en carton tandis que le balai volait à côté d'elle, le sac suspendu au manche et Petitpas dans le sac.

Chapitre 9

Lorsque Amandine franchit à nouveau les lourdes portes de l'école, tout le monde dormait encore. Elle monta quatre à quatre les marches de l'escalier en colimaçon, rentra dans sa chambre et se hâta de ranger ses affaires dans l'armoire afin d'effacer toute trace de sa fugue. Elle s'apprêtait à sortir, la boîte en carton sous le bras, quand la porte de sa chambre s'ouvrit brusquement. Mademoiselle Bâtonsec apparut dans l'encadrement.

– Seriez-vous assez aimable pour m'expliquer ce que vous êtes en train de faire, mademoiselle Malabul? interrogea-t-elle d'une voix sévère. Je vous ai vue rôder dans le couloir avec votre balai, votre chat, un sac et cette boîte en carton. Pourrais-je savoir ce que tout cela signifie, ou est-ce trop demander?

– Oh non! mademoiselle, répondit Amandine en ouvrant la boîte pour lui en montrer le contenu. Voilà: je suis tombée sur une réunion de sorcières, là-bas,

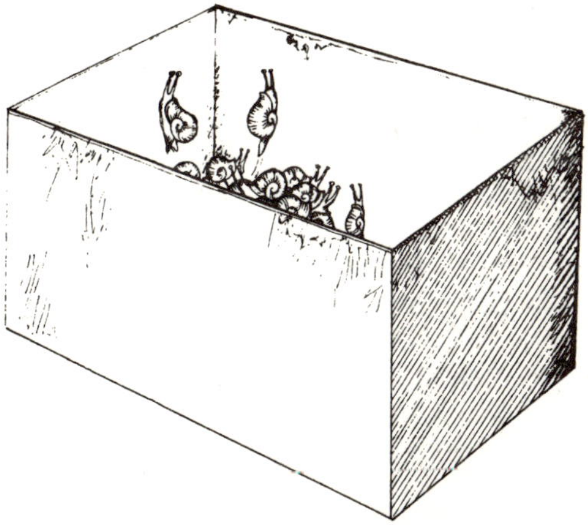

au pied de la montagne, elles s'apprêtaient à envahir l'école pour nous changer en grenouilles, et elles étaient même en train de préparer une potion d'invisibilité pour qu'on ne puisse pas les voir. Alors, je les ai changées en escargots et je les ai apportés…

Ses paroles s'évanouirent dans le silence tandis qu'elle observait avec inquiétude l'expression de mademoiselle Bâtonsec. Manifestement, celle-ci ne croyait pas un mot de ce qu'elle venait de lui raconter.

– Et j'imagine que ce sont les fameuses sorcières, dit-elle d'un ton aigre en montrant les escargots qui se serraient les uns contre les autres dans un coin de la boîte.

– Exactement ! s'écria Amandine, désespérée devant l'incrédulité de mademoiselle Bâtonsec. Je sais que c'est une drôle d'histoire, mais il faut me croire.

Leurs balais, leur chaudron et toutes leurs affaires sont restés dans la clairière où je les ai trouvées. C'est la vérité!

– Eh bien, nous allons immédiatement montrer ces créatures à mademoiselle Jollidodue, répliqua mademoiselle Bâtonsec avec froideur. Allez nous attendre dans son bureau pendant que je vais la chercher. Et j'espère pour vous qu'il ne s'agit pas d'une plaisanterie, mademoiselle Malabul. Car, si je ne me trompe, vous avez déjà beaucoup d'ennuis! Une telle facétie n'arrangerait pas vos affaires…

Dans le bureau de la directrice, Amandine attendait en se tortillant nerveusement sur le bord d'une chaise lorsque mademoiselle Bâtonsec revint en compagnie de mademoiselle Jollidodue, revêtue d'une robe de chambre et encore à moitié endormie.

– Voilà, c'est là, déclara mademoiselle Bâtonsec en désignant la boîte en carton posée sur le bureau.

Mademoiselle Jollidodue se laissa tomber dans son fauteuil. Son regard se posa sur la boîte, puis elle leva les yeux vers Amandine.

– Amandine Malabul, dit-elle alors d'un ton grave, je ne suis pas encore remise de l'humiliation publique que j'ai

dû subir la nuit dernière. A cause de toi, toute l'école a été ridiculisée et tu voudrais en plus que je croie une histoire aussi invraisemblable?

– Mais c'est la vérité! s'exclama Amandine. Je peux même vous décrire les sorcières. Il y en avait une qui était grande, mince, avec des cheveux gris et épais et une autre qui vous ressemblait à s'y méprendre, si vous me pardonnez cette comparaison. Elle portait des lunettes en écaille verte...

– Comment? l'interrompit mademoiselle Jollidodue en abaissant ses propres lunettes sur son nez. Tu as bien dit qu'elle me ressemblait et qu'elle avait des lunettes d'écaille?

– Oui, des lunettes vertes, répondit Amandine en rougissant. Je ne voudrais pas paraître malpolie mais, c'est vrai, elle était comme vous...

– Non, non, tu n'es pas malpolie, la rassura la directrice, ce n'est pas cela...

Elle regarda à nouveau à l'intérieur de la boîte, puis se tourna vers mademoiselle Bâtonsec.

– Il se peut qu'Amandine ait raison, reprit-elle. La personne qu'elle vient de me décrire ressemble fort à Salmonella, ma sœur, un être malfaisant qui a toujours été jaloux de ma situation à l'Académie.

Mademoiselle Jollidodue jeta un regard aux escargots par-dessus ses lunettes.

– Eh bien, Salmonella, nous revoici face à face, dirait-on, lança-t-elle avec un petit rire. Mais où es-tu exactement? J'ai du mal à te reconnaître parmi ces ravissantes petites créatures... Qu'allons-nous faire d'elles, mademoiselle Bâtonsec?

– Je suggère que nous leur rendions leur forme habituelle, répondit cette dernière.

– Vous n'y pensez pas! s'exclama la directrice. N'oubliez pas qu'elles sont vingt!

Une expression quelque peu amusée passa sur le visage de mademoiselle Bâtonsec.

– Je voudrais attirer votre attention sur l'article 7, alinéa 5 du *Code général de la sorcellerie,* dit-elle. Ce texte précise que quiconque a été changé en un animal, quel qu'il soit, par une sorcière en état de légitime défense, ne peut plus exercer, après avoir retrouvé sa forme habituelle, aucune espèce de magie contre les personnes qui le tiennent en leur pouvoir. En d'autres termes, elles seront bien obligées de reconnaître leur défaite.

Pendant un instant, mademoiselle Jollidodue parut légèrement embarrassée.

– Mais oui, c'est vrai! s'écria-t-elle alors d'un ton enjoué. Où avais-je donc la tête? Figurez-vous que cet article m'était sorti de l'esprit, tout à coup! Est-ce bête! Tu entends, Salmonella? Pensez-vous qu'elles nous entendent, mademoiselle Bâtonsec?

– Certainement, répondit celle-ci. Peut-être faudrait-il les disposer côte à côte sur votre bureau et demander à votre sœur de sortir du rang pour se faire reconnaître?

– Quelle merveilleuse idée! approuva mademoiselle Jollidodue qui commençait visiblement à trouver la situation amusante. Aide-moi, Amandine.

Elles alignèrent toutes deux les escargots sur le bureau et mademoiselle Jollidodue demanda à sa sœur de s'avancer vers elle. L'un des mollusques sortit alors du rang, apparemment à contrecœur.

– Maintenant, écoute-moi bien, Salmonella, déclara la directrice. Tu n'as plus le choix qu'entre deux solutions: ou bien tu respectes le Code de la sorcellerie et nous te rendons ta forme habituelle, ou bien tu refuses de te soumettre à la règle commune et nous te laissons vivre ta nouvelle vie d'escargot. Si tu es d'accord pour respecter le Code, remets-toi en rang.

L'escargot retourna aussitôt à sa place et mademoiselle Bâtonsec prononça la formule magique qui permettait de conjurer le sort.

Un instant plus tard, la pièce était pleine de sorcières déchaînées qui parlaient toutes en même temps d'un ton furieux, produisant un épouvantable vacarme.

–Taisez-vous immédiatement! ordonna mademoiselle Jollidodue.

Elle se tourna vers Amandine, toujours assise au bord de sa chaise.

– Tu peux aller te recoucher, Amandine, lui dit-elle, et compte tenu du service que tu as rendu à l'école ce matin, je crois que nous pouvons annuler l'entrevue que tu devais avoir cet après-midi avec mademoiselle Bâtonsec et moi-même. Qu'en pensez-vous, mademoiselle Bâtonsec?

Celle-ci leva un sourcil, et le cœur d'Amandine se mit à battre plus fort.

– Avant de vous donner mon accord, dit-elle, je voudrais simplement, si vous me le permettez, demander à mademoiselle Malabul ce qu'elle faisait au pied de la montagne alors qu'elle aurait dû se trouver dans son lit.

– Je... j'étais allée me promener, balbutia Amandine.

– Et il se trouve que vous aviez justement emporté avec vous votre manuel de formules magiques?

– Oui, répondit Amandine d'une voix penaude.

– Quel amour de l'étude! s'exclama mademoiselle Bâtonsec avec un sourire mauvais. Vous ne vous séparez donc jamais de votre manuel? J'imagine que vous chantiez également la chanson de l'école pendant que vous flâniez dans la forêt? Dites-le-moi, si je me trompe…

Les yeux baissés, Amandine contempla le plancher. Elle sentait le regard des autres sorcières posé sur elle.

– Je crois qu'il vaut mieux la laisser se coucher, dit alors mademoiselle Jollidodue. Va, tu peux retourner dans ta chambre, à présent.

Avant que mademoiselle Bâtonsec ait eu le temps d'ajouter quoi que ce soit, Amandine avait quitté le bureau et il ne lui fallut guère plus de cinq secondes pour rejoindre son lit !

CHAPITRE 10

A midi, la cloche du réveil retentit dans les couloirs, mais Amandine plongea la tête sous l'oreiller et se rendormit aussitôt. Quelques instants plus tard, cependant, la porte de sa chambre s'ouvrit à la volée.

– Allez, debout! s'écria Paméla d'une voix perçante.

Elle saisit l'oreiller et en donna de grands coups à Amandine. Celle-ci ouvrit péniblement les yeux, à demi aveuglée par la lumière du jour, et distingua autour de son lit des silhouettes qui criaient et jacassaient sans répit. Amandine eut l'impression qu'il y avait une bonne centaine de personnes dans sa chambre! Paméla, quant à elle, était montée sur le lit et faisait des bonds frénétiques en continuant de donner de grands coups d'oreiller.

– Qu'est-ce qui se passe? demanda Amandine d'une voix ensommeillée.

– Comme si tu ne le savais pas! répliqua Paméla hors d'haleine. Toute l'école en parle!

– Parle de quoi? s'étonna Amandine, toujours endormie.

– Mais vas-tu te réveiller, à la fin? s'exclama Paméla en arrachant les couvertures. Tu nous as toutes sauvées des griffes de Salmonella, la sœur malfaisante de mademoiselle Jollidodue! Voilà de quoi on parle!

Amandine se dressa brusquement sur son lit.

– Ah, mais oui, c'est vrai! s'exclama-t-elle.

Tout le monde éclata de rire.

– Mademoiselle Jollidodue a convoqué toute l'école dans la salle d'honneur, annoncèrent Clotilde et Vanessa, deux autres élèves de première année. Dépêche-toi de t'habiller, elle tient à ce que tu sois là !

Amandine sauta à bas du lit tandis que ses camarades sortaient de la chambre pour se rendre dans la salle d'honneur. Elle s'habilla à la hâte et courut les rejoindre, les lacets de ses bottes traînant par terre, comme d'habitude.

Lorsqu'elle pénétra dans la grande salle, tout le monde se tourna vers elle. Amandine, quelque peu embarrassée, alla s'asseoir à la place que Paméla lui avait réservée à côté de la sienne. La directrice et les professeurs n'étaient pas encore arrivés et Amandine décida d'en profiter pour raconter à son amie ce qui s'était réellement passé avec le balai d'Octavie.

– Tu sais, murmura-t-elle en se penchant vers Paméla, ce n'est pas ma faute si je suis tombée pendant le spectacle.

Le balai qu'Octavie m'avait prêté était ensorcelé, c'est elle-même qui me l'a dit. Mais ne le répète à personne. Je voulais simplement que tu le saches, pour que tu ne croies pas que c'était encore à cause de ma maladresse...

– Mais tout le monde le sait déjà! répondit Paméla. Tu connais Octavie? Elle n'a pas pu s'empêcher de raconter à quelqu'un le bon tour qu'elle t'avait joué. Alors, elle a tout dit à Zelda, et Zelda a trouvé ça tellement dégoûtant qu'elle l'a répété à tout le monde. Maintenant, plus personne ne veut parler à Octavie. Même mademoiselle Bâtonsec a su ce qui s'était passé et elle est furieuse contre elle.

– Chut! dit quelqu'un. Elles arrivent!

Les élèves se levèrent à l'entrée de mademoiselle Jollidodue, suivie de mademoiselle Bâtonsec et de tous les autres professeurs de l'Académie.

– Vous pouvez vous asseoir, dit la directrice. Comme vous le savez, poursuivit-elle, ce matin, l'école a échappé de peu à une invasion. Sans la présence d'esprit de l'une de nos jeunes élèves, nous serions toutes en train de coasser dans un étang en bondissant d'un nénuphar à l'autre.

L'assistance éclata de rire.

– Oh non, ne riez pas! reprit mademoiselle Jollidodue. Si les choses s'étaient vraiment passées ainsi, nous ne trouverions pas ça drôle du tout! Mais justement, ce n'est pas arrivé et, pour fêter cela, j'ai décidé que cette demi-journée qui commence serait une demi-journée de congé en l'honneur d'Amandine Malabul. Amandine, veux-tu me rejoindre un instant, s'il te plaît?

Amandine devint écarlate tandis que Paméla l'obligeait à se lever. Trébuchant contre les pieds de ses camarades assises le long de la rangée, elle s'approcha de l'estrade sur laquelle elle monta à contrecœur.

– Allons, ne sois pas timide, dit mademoiselle Jollidodue en l'accueillant avec un sourire radieux. Et maintenant, mesdemoiselles, un ban pour Amandine, notre héroïne!

Les joues en feu, les mains crispées derrière le dos, Amandine resta immobile pendant que s'élevaient dans la salle des «Hip! Hip! Hip! Hourra!» enthousiastes.

«L'héroïne» éprouva un grand soulagement lorsque tout fut terminé. A la sortie, tout le monde vint la féliciter en la gratifiant de grandes tapes dans le dos, sauf Octavie qui lui lança un regard assassin. Des exclamations retentissaient de toutes parts pour la remercier d'avoir fait coup double en sauvant l'école et en obtenant en prime une demi-journée de congé supplémentaire. Paméla serra son amie dans ses bras.

– Tu n'avais pas l'air très à l'aise, sur l'estrade, fit-elle remarquer. Tu étais même tellement rouge que je te voyais briller du fond de la salle!

– Ne te moque pas de moi, répliqua Amandine. Viens, allons plutôt chercher nos chats et profitons de cette journée de vacances.

– Un instant! dit alors dans leur dos une voix glaciale qu'elles connaissaient bien.

Les deux amies se retournèrent. Mademoiselle Bâtonsec se tenait derrière elles. Elles se redressèrent aussitôt et restèrent là, immobiles et silencieuses, se demandant ce qu'elle leur voulait – réaction qui était devenue machinale dès que mademoiselle Bâtonsec ouvrait la bouche. Cette fois-ci, cependant, à leur grande surprise, leur professeur souriait, d'un sourire bienveillant, amical même, très différent de l'habituel rictus qui lui relevait le coin des lèvres.

– Je voulais simplement vous remercier, Amandine, dit mademoiselle Bâtonsec. Et maintenant, allez vous amuser! Profitez bien de ces petites vacances, elles seront bientôt terminées!

Elle sourit à nouveau, puis disparut comme elle avait coutume de le faire.

Amandine et Paméla échangèrent un regard.

– Parfois, je me dis qu'elle est sans doute moins méchante qu'elle n'en a l'air, remarqua Amandine.

– Vous avez peut-être raison, répliqua

aussitôt la voix de mademoiselle Bâtonsec, une voix qui semblait parler à son oreille.

Les deux amies sursautèrent, horrifiées, puis Amandine prit Paméla par le bras et l'entraîna à grands pas dans la cour enveloppée d'une brume éternelle tandis que derrière elles, s'élevant de nulle part, le rire de mademoiselle Bâtonsec se répercutait en écho tout au long du corridor.

TABLE DES MATIÈRES

L'auteur/illustratrice

Jill Murphy est née à Londres en 1949. Elle a commencé à écrire les premières histoires d'Amandine alors qu'elle n'avait qu'une quinzaine d'années et son personnage est largement autobiographique. L'Académie Supérieure de Sorcellerie lui a été inspirée par ses propres années de pensionnat. Son père lui a transmis le goût du dessin et sa mère le goût des mots. Elle l'a aussi encouragée toute sa vie. Jill Murphy a suivi plus tard des études artistiques avant de travailler avec des enfants. À vingt-quatre ans, elle publiait *Amandine Malabul, sorcière maladroite*, premier titre de la série, qui connut un succès immédiat et n'allait pas tarder à devenir un véritable classique. La publication du deuxième titre de la série allait ensuite lui permettre de se consacrer à l'écriture ainsi qu'à la création d'albums, pour lesquels elle a déjà remporté de nombreux prix littéraires.

Amandine Malabul

Découvre les autres titres de la série

Amandine Malabul,
La sorcière a des ennuis

Pauvre Amandine ! Elle est chargée de s'occuper d'une nouvelle élève, et cette dernière accumule les bêtises en utilisant ses pouvoirs magiques à tort et à travers. Qui se fait punir ? Amandine, bien sûr ! La jeune sorcière pourrait bien être renvoyée.

Amandine Malabul,
La sorcière ensorcelée

Après avoir coiffé d'un seau d'eau leur professeur principal, la terrible Mlle Bâtonsec, Amandine s'attire les foudres d'Octavie Pâtafiel, sa pire ennemie, qui ne tarde pas à se venger. Voici Amandine victime d'un terrible sortilège…

Amandine Malabul,
La sorcière a peur de l'eau

Amandine et sa classe vont passer une semaine de vacances au bord de la mer. Hélas, le fidèle chaton Petitpas ne sera pas du voyage. Il est relégué aux cuisines pour chasser les souris. Amandine décide, à ses risques et périls, de l'emmener en cachette.

Amandine Malabul,
La sorcière et la fourmi

Amandine est résolue à ce que cette rentrée se déroule sans incident. Hélas, une potion concoctée par Octavie sa rivale va avoir un effet désastreux. Et pourquoi Mlle Granite cache-t-elle son visage derrière d'épaisses lunettes ? Voici alors que Petitpas disparaît.

Amandine Malabul,
La sorcière à la rescousse

Amandine a réalisé un devoir de vacances époustouflant. Elle a inventé une potion pour faire parler les animaux. Mlle Bâtonsec va enfin pouvoir la féliciter. Et Octavie, son ennemie jurée, se montre tout à fait charmante. Bizarre, bizarre…

Et dans la série Romans Cadet

Amandine Malabul,
Apprentie sorcière

Amandine Malabul est bien l'élève la plus maladroite de l'Académie de Sorcellerie. Quel désastre lorsqu'il s'agit d'apprendre à voler à son chat Petitpas ou de fabriquer la potion d'invisibilité ! Sans compter les mauvais tours d'Octavie Pâtafiel... Mais un terrible complot se prépare : élèves et professeurs seront-ils changés en grenouilles ?

Amandine Malabul,
La sorcière et sa bonne étoile

C'est à nouveau la rentrée des jeunes sorcières. Amandine retrouve ses meilleures amies... et aussi l'insupportable Octavie Pâtafiel. Mais la directrice annonce une nouvelle très excitante: un concours interécoles est organisé, l'occasion pour les élèves d'exercer leurs talents. Lorsqu'une étoile filante traverse le ciel, la petite sorcière fait un vœu secret qui ne tarde pas à se réaliser... et à lui attirer les pires ennuis.

Maquette : Chita Lévy et Karine Benoit

ISBN : 978-2-07-509721-5
N° d'édition : 351248
Loi n° 49-956 du 16 juillet 1949 sur les publications destinées à la jeunesse
Premier dépôt légal : mai 1990
Dépôt légal : janvier 2019
Imprimé en Espagne par Novoprint (Barcelone)